AF246591

EXTRAIT

DES

LAURIERS

CIVILS ET RELIGIEUX

PARIS. — IMP. A.-E. ROCHETTE, BOULEVARD MONTPARNASSE, 72-80.

EXTRAIT

DES

LAURIERS

CIVILS ET RELIGIEUX

POÉSIES

par Auguste BEAUMONT

[de Versailles]

BIBLIOTHÈQUE IMPÉRIALE IMPR.

Et leur pressentiment, leur intime croyance
Est que Dieu t'enverra régénérer la France !
Épître au Prince L.-N. Bonaparte (Août 1846).

Moi qui, des vœux du peuple ardent avant-coureur,
Vous ai chanté cinq fois, vous, nouvel Empereur.
Une Impératrice. — Barthélemy.

PARIS

IMPRIMERIE A.-E. ROCHETTE

72-80, BOULEVARD MONTPARNASSE, 72-80

1869

SONNET

MORT DE LOUIS VAUDIN, COURRIER DE L'EMPEREUR

À S. M. L'Impératrice

Vous étiez à Biarritz, Madame, toute heureuse
En contemplant du flot l'imposante grandeur,
Lorsque sur les rochers, bondissant furieuse,
La mer surprit Vaudin, étouffa sa clameur...

« Pauvre homme ! il est bien mort, dit la foule anxieuse,
À peine garde-t-il au sein quelque chaleur ! »
Mais la vie est encor toute mystérieuse,
Et vous-même tentez de ranimer son cœur !

Oh ! ce trait est sublime et digne de mémoire ;
Il restera sans doute unique dans l'histoire ;
Mais il paraît tout simple à Votre Majesté !

Qu'Elle vive longtemps, selon notre espérance,
Pour le bonheur des siens et celui de la France,
En semant les bienfaits de la Divinité !...

Octobre, 1867.

SONNET

L'Empereur et l'Impératrice

L'enfer avait soufflé la terreur, la démence,
Sur le peuple Français, et si grand et si bon ;
Le sublime Empereur, ce Dieu de la vaillance,
Avait de l'anarchie exilé le démon.

Revenu de nos jours, affamé de vengeance,
Il en voulait aux rois, à la religion...
Pour dompter sa fureur et protéger la France,
Dieu lui suscite encor, vivant, Napoléon !...

Le monstre a disparu ! — Dans une paix profonde,
Au sentier du progrès s'achemine le monde...
Oh ! gloire et longue vie à son libérateur !

Partageant désormais sa mission divine,
Sur nos cœurs vient régner une autre Joséphine :
Saluons, ô Français ! cet ange inspirateur !

Janvier, 1853

ÉPITRE

AU PRINCE LOUIS-NAPOLÉON BONAPARTE

AOUT 1846

I

O toi, noble proscrit que baptisa la gloire,
Qui veux justifier ton nom devant l'histoire,
Ce nom qu'avec orgueil exaltent les cœurs fiers,
Blessés de tant d'affronts que la France a soufferts ;
Toi, dont l'ambition si légitime aspire
A seconder ses vœux en restaurant l'Empire,
Louis-Napoléon ! reçois d'un chantre obscur,
Courtisan du malheur, cet hommage humble et pur.

Serviteur du géant qui fit reine la France,
Mon père l'adorait ; dès ma plus tendre enfance
J'appris à l'honorer, à bénir en mon cœur
L'impérissable nom du sublime Empereur ;
Et mes deux jeunes fils, — puisse Dieu le permettre !
Un jour en te servant le serviront peut-être !

Car aux Français trahis il faut un autre roi
Que le peuple et l'armée aiment à voir en toi ;
Et leur pressentiment, leur intime croyance,
Est que Dieu t'enverra régénérer la France !...
Mais avant que sur elle un astre radieux
Se lève, précurseur de destins glorieux,
Dans la nuit de l'opprobre où le crime la plonge,
Il faut que sa misère encore se prolonge ;
Que ses vils corrupteurs, par un dernier affront,
Fassent monter le sang de son cœur à son front ;
Et que s'armant soudain pour un terrible exemple,
Elle chasse, elle aussi, les vendeurs de son temple !
Va, le soleil vengeur surgira dans les cieux,
Et sa lumière sainte est promise à nos yeux ;
Mais tout élu du ciel, pour gouverner en sage,
Doit de l'adversité faire l'apprentissage ;
Patience donc, Prince, et résignation.
Tes malheurs t'ont rendu cher à la nation ;
Certain d'être aimé d'elle, en exil sache attendre
Que l'appel du canon vienne s'y faire entendre :
Il ne saurait tarder désormais bien longtemps !
Sans doute tu gémis déjà depuis trente ans ;
Mais la félicité que te garde la France
Te rendra chère un jour cette longue souffrance !

II

Sur le seuil de la vie et de l'éternité,
A cette heure suprême où la Divinité,
Parfois, accorde à l'homme une raison sublime,
Ton père a du destin sondé le vaste abîme,
Et pressenti qu'un jour d'héroïques efforts
Te conduiraient au trône à travers mille morts ;

Et voulant seconder ta généreuse flamme,
D'un rayon sympathique électriser ton âme,
Il te lègue, en mourant, les débris glorieux
Qu'a touchés l'Empereur ou que voyaient ses yeux
A l'île Sainte-Hélène ; et d'amour, de tendresse,
Dans son beau testament, il te comble, il te presse...
Ah ! comment y songer sans vive émotion,
Prisonnier, tu n'eus point sa bénédiction !
Insensés ! ils ont craint que ton illustre père
Ne te dît pour adieu ce mot divin : Espère !...
Mais Dieu les a punis ; leur vaine cruauté
T'a valu bien des cœurs avec la liberté !

III

Ah ! que Paris bientôt exalte la victoire
Qui des Bourbons, enfin, achèvera l'histoire !
Que la France unanime, aux salves du canon,
Te proclame héritier du grand Napoléon !
Et nos jeunes soldats que la valeur inspire,
Au sentier de l'honneur tu sauras les conduire,
S'il nous faut repousser l'agression des rois.
Sans rêver de conquête au delà de nos droits,
Tu voudras protéger nos alliés fidèles,
Les peuples opprimés, ces sublimes rebelles,
Et rendre au nom Français la hauteur de son rang.
Tu seras juste, humain, vrai progressiste et grand ;
Et nos chantres fameux exalteront ta gloire,
Et la postérité bénira ta mémoire !

RÉPONSE DU PRINCE

Londres, 3 octobre 1846.

Monsieur,

Je suis chargé par S. A. le prince Napoléon Louis Bonaparte de vous remercier des vers que vous lui avez adressés, et qui vous ont été inspirés par la lecture du testament du roi Louis son père.

Le Prince a été très-sensible aux expressions de dévouement contenues dans votre lettre, et il m'a chargé aussi de vous en témoigner ses remerciements.

J'ai l'honneur d'être, Monsieur,
Votre obéissant serviteur,
J. ORSI.

A M. Beaumont, conducteur des ponts et chaussées, à Dol-de-Bretagne.

LA PROROGATION

I

Bonaparte est socialiste :
Conservons-le pour Président !
Et que tout prince royaliste
Se lasse d'être prétendant !
Il sera fort, il sera libre,
Malgré les rois, les députés :
De la Vistule aux bords du Tibre
Refleuriront les libertés !

II

Le commerce, sans plus d'entraves,
Soudain reprendra son essor ;
De l'artisan, de tous nos braves,
Par lui s'adoucira le sort.
Il veut des cités ouvrières,
Des pensions pour les vieillards ;
Il veut, pour tarir nos misères,
Doter l'industrie et les arts !

III

Lui seul peut de guerre civile
Frapper les monstres affamés ,
Et du drapeau de l'Evangile
Couvrir les Français alarmés.
Qui donc à dompter l'anarchie
Aujourd'hui serait plus puissant ?
Les fauteurs de la monarchie
Noiraient la France dans le sang !

IV

Sur le drapeau qui nous rallie,
Quand nul ici n'est dissident,
Buvons ce vin de la patrie,
A la santé du Président !
A nos destins s'il est propice,
S'il peut conjurer nos malheurs,
S'il aime à tous rendre justice :
Qu'il règne à jamais sur nos cœurs !

Octobre, 1851.

PHŒBÉ

Hommage a l'Empereur

I

Quand Jésus-Christ, vainqueur d'une race cruelle,
S'éleva triomphant dans la gloire éternelle,
Le monde était sauvé !... mais ses divins travaux
Ne pouvaient aux mortels épargner tous leurs maux !
Il voulut secourir les orphelins, les veuves,
Les vieillards à la fois chargés d'ans et d'épreuves ;
Et les revêtant tous de sa protection,
Il inspira Phœbé, leur consolation.
Phœbé, sublime cœur, sainte diaconesse,
Pleine de charité, de beauté, de jeunesse,
Que saint Paul annonçait aux fidèles romains,
Et la première *sœur* que virent les humains !
Perpétuant son œuvre en suivant ses exemples,
D'autres filles du ciel reçurent dans des temples,
Par le christianisme élevés au malheur,
Tous les infortunés qu'accable la douleur ;
Et Jésus ne vit plus, des hauteurs de son trône,
Un orphelin sans mère, un pauvre sans aumône !

II

Et vous que jusqu'au ciel porte la nation,
Sire, vous son élu, quand l'acclamation

De votre avénement retentit dans le monde,
Quand la voix du canon rouvre l'ère féconde
Du règne impérial, désertant vos palais,
Au sein des hôpitaux vous semez les bienfaits !
La France tout entière est pleine d'allégresse,
Et vous, son Empereur, aux séjours de détresse
Vous venez, comme un dieu, suspendre la douleur ,
Rendre aux martyrs du sort l'espoir et le bonheur.
Là, des héros vieillis de l'immortelle armée
Embrassent vos genoux, et leur âme charmée,
Ivre de souvenirs, jouit de cette erreur
Qu'elle voit près de vous l'ombre de l'Empereur !
Puis vous faites ouvrir les verrous et les grilles,
Et les captifs en pleurs volent dans leurs familles,
Bénissant votre nom, vos merveilleux succès...
Car sous votre drapeau viennent tous les Français !
Ah ! Sire, que d'espoir, que de reconnaissance
Leur inspire déjà le règne qui commence !
Si le ciel exauçait leurs égoïstes vœux,
Ce règne serait long, prospère et glorieux !
Mais sur vous dès longtemps veille la Providence,
Qui l'oserait nier heurterait l'évidence.
Ils peuvent donc nourrir ce légitime espoir
Qu'elle va seconder un généreux pouvoir,
A son comble porter la fortune publique,
Et leur donner en vous un prince évangélique;
Oui, vous gouvernerez en monarque pieux,
Car vous êtes vers nous un envoyé des cieux !...

Décembre, 1852.

LA SŒUR DE CHARITÉ

—

A LL. MM. L'Empereur et l'Impératrice

I

O vous dont le grand cœur, ayant sauvé la France,
Veut aux infortunés épargner la souffrance,
Vous qui, comme Alexandre, en libéralités,
Dispensez les trésors que Dieu vous a comptés,
Ne conservant pour vous que l'espoir plein de charmes
D'amoindrir la misère et de sécher des larmes ;
Vous, Sire, dont ma muse en ses vers sibyllins
A prédit dès longtemps les merveilleux destins,
Daignez de ce poëme accueillir l'humble hommage :
Des messagers du Christ il reflète l'image.
Pourrais-je mieux l'offrir qu'à Votre Majesté,
Dont l'âme généreuse est toute charité,

Si le Dieu qui préside aux célestes phalanges,
Près d'Elle n'eût commis le plus beau de ses anges ?

II

Quand du ciel inspirée une sœur prend le voile,
Dans l'éther resplendit une nouvelle étoile ;
Vers la terre inclinés, les anges, les élus,
Célèbrent dans leurs chœurs un triomphe de plus.
De son trône d'azur le Seigneur les contemple ;
Mais alors ses regards descendent vers le temple,
Et sur la vierge élue il repose les yeux
Pour empreindre son front de la marque des cieux.
S'unissant au Seigneur, en secret qui l'anime,
Elle reçoit alors la mission sublime
De veiller jour et nuit au chevet du malheur ;
Et bientôt elle vole au toit de la douleur.
Ainsi les chevaliers fervents du moyen-âge,
Affrontant les périls d'un long pélerinage,
Dès qu'ils étaient armés se mettaient en chemin,
Combattant pour la veuve et le pauvre orphelin.

Pour votre ange, Seigneur, que d'angoisse et d'alarmes,
En ces lieux désolés, pleins de cris et de larmes,
Où sa vigueur s'épuise à rendre la santé !
Guérir, sauver un frère est sa félicité,
Mais, hélas ! elle voit sans cesse l'agonie
Au malade arracher les restes de la vie ;
Et tous ceux qu'au trépas sa main n'a pu ravir,
Triste devoir, sa main doit les ensevelir !
Un mur d'airain s'élève entre elle et la nature ;
Du printemps à ses yeux il cache la parure,

Intercepte les bruits de la ville et des vents,
Et la sépare ainsi du reste des vivants.
Dans sa cellule encor, peut-être, sa pensée
D'un souvenir du monde est parfois traversée ;
Mais ce doux souvenir, lumière au loin qui fuit,
De plus en plus s'efface, enfin s'évanouit !
A servir l'homme et Dieu, là, libre prisonnière,
Debout avant l'aurore et la nuit en prière,
Au sein d'un hôpital où l'attend le cercueil,
La sœur de charité n'a que des jours de deuil !
Ah ! sans doute la foi, la divine espérance,
De ce cœur embrasé secondent la puissance,
Comme dans un combat l'armure du guerrier
Le rend moins accessible au glaive meurtrier ;
Comme des vents amis, de propices étoiles,
Sont en aide au nocher quand la nuit tend ses voiles !...

O vous ! nobles esprits qui vîntes auprès d'elle
Chercher, hélas ! trop tard, un abri sous son aile :
Zurbaran, Camoëns, infortuné Gilbert ;
Le Tasse et toi, Moreau, que vous avez souffert !
Sur vos contemporains que la honte en retombe,
Car la haine et la faim ont creusé votre tombe !
Mais du moins une *sœur*, qu'affligeaient vos tourments,
A consolé votre âme à vos derniers moments,
Retardé votre mort, souffert votre agonie,
Et de célestes pleurs honoré le génie !
Ah ! sous quels cieux jamais, dans quelle région
L'homme dût-il ces soins à sa religion ?
Le Messie, en mourant sur la croix à Solyme,
Pouvait seul inspirer ce dévouement sublime.

BIBLIOTHÈQUE IMPÉRIALE — IMPR.

Des beautés ont jadis, dans de chastes liens,
Desservi les autels des temples pythiens...
Mais, pourquoi rappeler les prêtresses d'Athènes,
L'antique druidesse et les vierges romaines,
Qui, toutes, se paraient de couronnes de fleurs,
Mais dont la froide main n'essuyait point de pleurs ?...

Du pauvre en ses douleurs gardienne tutélaire,
Du vieillard, de l'enfant refuge salutaire,
Dans ce siècle vénal et sans humanité,
Qu'elle est sainte à mes yeux la sœur de charité !

III

O vous ! âme divine, en bienfaits si féconde,
Qui donnez l'or du ciel aux pauvres de ce monde,
Et renoncez pour eux aux charmes de l'amour,
A l'espoir, au bonheur d'être aussi mère un jour,
Venez ! Mes compagnons, dans d'effroyables transes,
S'agitent torturés, dévorés de souffrances ;
A l'agonie, un d'eux vous attend pour mourir !
Devant vous, à l'instant ces portes vont s'ouvrir ;
Et tandis que rêveur, pour vous chanter je veille,
Des messagers divins vous m'offrez la merveille !

Vous nous êtes si chère et vos traits sont si doux
Que votre seul aspect est un bienfait pour nous !
Mais vous nous consolez ; sur nos lèvres brûlantes,
Vous exprimez des sucs aux vertus somnolentes ;
Vous calmez nos douleurs par des baumes puissants,
Et rappelez la vie au sein d'agonisants !...

Combien d'infortunés, dont l'esquif fait naufrage
Par vous sont ramenés sains et saufs au rivage !
Lorsqu'ainsi vous venez, par un sublime effort,
Au milieu de la nuit lutter avec la mort,
Vous, beauté vierge et sainte, ici-bas sans égale ;
Lorsque-vous dérobez une âme qui s'exale
Aux horreurs du trépas en lui montrant les cieux,
Vous, la gloire du Christ, flambeaux mystérieux !
Non, je ne gémis plus sous les voiles funèbres
Du doute, votre front dissipe mes ténèbres ;
En vous brille à mes yeux l'ange de vérité :
Je sens qu'il est au ciel une immortalité !...

Heureux celui qui croit, celui dont le cœur aime !
Comme vous il est fort, dans l'affliction même ;
Il brave les destins, souffre sans murmurer,
Et sent à ses douleurs qu'il a droit d'espérer.

IV

Vous ne voulez de l'homme ici-bas rien attendre,
  Hors sa misère et ses maux à guérir ;
Mais aux portes du ciel où vous devez vous rendre.
  Un chœur d'élus viendra vous accueillir.
Les séraphins diront vos œuvres sur la terre,
Vos longs soupirs, vos pleurs, votre sublime vœu ;
Et vous en recevrez l'ineffable salaire,
Au milieu des splendeurs du royaume de Dieu !...

Paris, hôpital Saint-Louis, 18...

LA RÉFORME POSTALE [1]

A MM. GUIZOT ET CONSORTS

O vous, de l'étranger fidèle ministère,
En la servant du moins imitez l'Angleterre,
Quand ses législateurs, dans un jour d'équité,
Méritent bien du peuple et de l'humanité !
L'ère de votre règne à la France est fatale ;
Mais sachez accomplir la réforme postale,
Et cette œuvre sera si féconde en bienfaits
Que la France, un instant, oubliera vos méfaits !
Qui pourrait le nier ? Votre taxe est inique
Et cruelle à plaisir. — De la terre d'Afrique,
Où son fils va combattre et mourir en héros,
Un père apprend son deuil par un surcroît d'impôts !

---

(1) Satire insérée dans le *Progrès* (de Rennes), le 4 mai 1846.

Il est infirme et vieux, et maintenant sa fille,
Dont le salaire ingrat soutient seul sa famille,
Devra veiller trois nuits pour vous payer le port
Du message funeste envoyé par la mort !
Quand c'est vous qui, servant la politique anglaise,
Décimez au dehors la nation française !
Elle, qui vous accorde avec les plus hauts rangs,
Pour la trahir si bien, quatre-vingt mille francs !...
Ah ! songez que souvent votre fisc en tournée
Dérobe au malheureux son pain de la journée ;
Qu'une foule e gens rédoutent ce facteur
Qui vient à l'improviste, aux jours de pénurie,
Et trahit leur détresse, innocent malfaiteur.
Artisans et bourgeois, tout le peuple vous crie
De réduire une taille injuste et sans pitié,
Qui prive l'indigent des soins de l'amitié ;
L'ouvrier voyageur sur la terre étrangère,
Où le sort le poursuit et trompe son espoir,
De consoler d'un pli sa triste et vieille mère ;
Nos soldats, nos marins, de remplir ce devoir ;
Le commerce et les arts d'une correspondance
Utile à leur essor, et partant à la France.
Que de mal accompli parce qu'on ignorait,
Et souvent, que de bien une lettre ferait !
Ah ! réformiez encor votre projet timide ;
Réduits à l'imiter que Rowland Hill vous guide ;
C'est assez que l'Anglais ait ouvert le chemin,
Ce jour il faut l'atteindre et le passer demain..
Mais Clio, l'œil en pleurs, burine votre histoire ;
Dictez-lui cette loi comme œuvre expiatoire,
Afin qu'au tribunal de la postérité
Un acte de justice au moins vous soit compté !

La nation le veut ; il est temps de lui plaire,
De rendre hommage enfin au lion populaire...
S'il n'était, comme Dieu, trop lent à se venger,
Vous auriez dès longtemps cessé de l'outrager !

Paris. — Imp. A.-E. ROCHETTE, boulevard Montparnasse, 72-80.

www.ingramcontent.com/pod-product-compliance
Lightning Source LLC
LaVergne TN
LVHW010130060726
842524LV00005B/1847